AF290102

Analyse de l'œuvre

Par Hadrien Seret et Ariane César

L'Iliade

d'Homère

Rendez-vous sur lepetitlitteraire.fr et découvrez :

Plus de 1200 analyses
Claires et synthétiques
Téléchargeables en 30 secondes
À imprimer chez soi

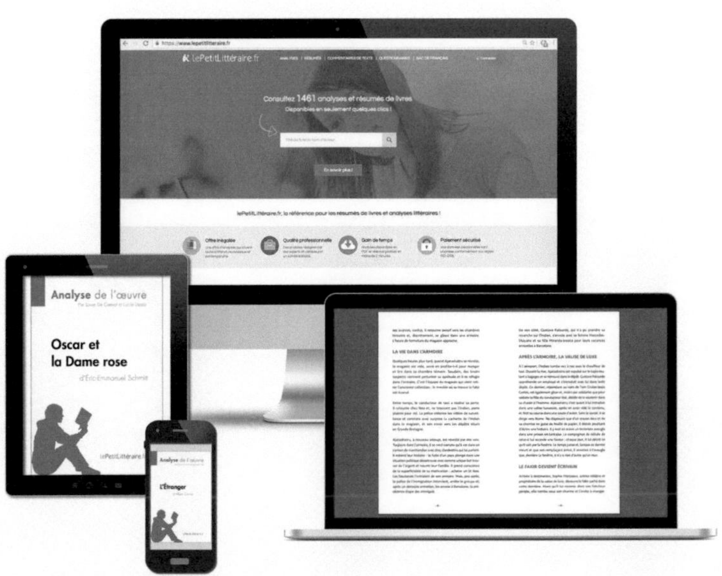

HOMÈRE

POÈTE GREC

- **Homère aurait vécu au VIIIᵉ siècle av. J.-C.**
- **Ses œuvres :**
  - *L'Iliade*, épopée
  - *L'Odyssée*, épopée

Très peu de choses sont connues à propos d'Homère. À cause de ce manque d'informations, de nombreux spécialistes se sont interrogés sur la réalité de son existence. Dès lors, lorsque l'on veut parler de la vie d'Homère, on est confronté à deux points de vue :

- celui qui considère qu'Homère a existé. On le présente alors comme un aède – un poète qui racontait des histoires – ayant vécu entre le VIIIᵉ et le VIIᵉ siècle av. J.-C., et comme l'auteur de l'*Iliade* et de l'*Odyssée* ;
- celui qui considère qu'il n'a pas existé et que le nom d'Homère ne serait qu'une appellation pour désigner un groupe d'aèdes qui auraient composé les deux œuvres.

À l'heure actuelle, ce débat n'a toujours pas trouvé d'issue, chaque camp disposant d'arguments valables.

L'ILIADE

ENTRE HISTOIRE, MYTHE ET LITTÉRATURE

- **Genre :** épopée
- **Édition de référence :** *L'Iliade*, traduit par E. Lasserre, Paris, Flammarion, 2017, 528 p.
- **Écrit vers :** VIIIe siècle av. J.-C.
- **Thématiques :** guerre de Troie, amour, mort, héroïsme, ruse, mythologie

L'*Iliade* (qui tire son nom d'Ilion, l'autre appellation de la cité de Troie) est une épopée grecque divisée en 24 chants qui narrent la guerre opposant Grecs et Troyens durant dix ans et dont l'enjeu est la femme du roi spartiate Ménélas, Hélène, capturée par Pâris, fils du roi troyen Priam. Cette lutte est l'occasion pour l'aède de s'attarder sur les exploits des héros des deux camps dans une bataille où courage, vaillance et surnaturel divin s'entremêlent. Il en résulte une fresque à laquelle la puissance d'évocation des scènes offertes au lecteur a assuré la postérité jusqu'à aujourd'hui.

RÉSUMÉ

Le succès de cet ouvrage et son importance expliquent les nombreuses et diverses éditions du texte. En effet, dans le souci de rendre l'œuvre abordable, les éditeurs suppriment souvent certains passages, jugés de moindre valeur par rapport aux autres. Ainsi, le résumé ci-dessous, qui reprend l'intégralité du récit de l'*Iliade*, peut présenter des différences avec d'autres versions.

CHANTS I – VII

Depuis qu'Agamemnon, chef des Grecs (qui sont aussi désignés dans le récit par les termes « Danaens », « Achéens » ou encore « Argiens »), a fait de la jeune Chryséis son butin, après le pillage de Thébè sous le Placos (ville de Cilicie, en Troade) et qu'il refuse de la restituer à son père contre rançon, une peste envoyée par Apollon décime sans relâche les troupes achéennes. En effet, Chrysès, le père de la jeune captive est prêtre troyen d'Apollon (dieu des arts et de la médecine) et, à ce titre, il a demandé assistance au dieu.

Après un conseil houleux et sous la pression d'Achille, le roi grec finit par céder son trésor féminin afin d'endiguer le fléau. Et, en vertu de sa supériorité sur ses pairs, il fait alors sienne Briséis, reine de Lyrnessos (cité de Cilicie, alliée de Troie) devenue la captive d'Achille après le sac de la ville. S'estimant humilié, le fils de la déesse marine Thétis et du roi Pélée se dispute avec Agamemnon et annonce qu'il ne prendra plus part aux combats jusqu'à ce qu'on lui rende son dû.

Achille est à peine parti que la bataille recommence : les Grecs se mettent en position sous les ordres de leur chef (malgré un songe de Zeus destiné à pousser celui-ci à fuir), tandis que les Troyens (aussi appelés « Dardanides ») – qui ont pour alliés les Thraces, les Lyciens et les Phrygiens –, avec à leur tête Hector, fils de Priam, sortent de leur cité pour combattre. Les deux armées se rencontrent. Au sein de la mêlée, Pâris Alexandre, le responsable du conflit – il a enlevé Hélène, l'épouse de Ménélas –, se fait réprimander par son frère, Hector, pour son manque de vaillance.

Soucieux d'éviter un carnage, Pâris demande une

trêve et propose à Ménélas un duel destiné à régler leur différend et, ainsi, le conflit : le gagnant repartira avec la fille de Zeus et de Léda, et un pacte d'amitié unira les deux peuples. Lorsque Ménélas remporte haut la main la confrontation, la paix semble proche, mais Héra, épouse de Zeus et protectrice du mariage, souhaite la destruction de la cité troyenne. Par le biais d'Athéna (fille de Zeus et déesse de la guerre), elle pousse le Troyen Pandare à lâchement attaquer Ménélas, ce qui rompt les serments de paix et met le feu aux poudres.

Les combats reprennent : Héra et Athéna assistent les Grecs contre les Troyens, aidés par Arès (dieu de la guerre, fils de Zeus et d'Héra) et Apollon. Le Grec Diomède et le Troyen Énée se distinguent dans des luttes qui ne prennent fin qu'avec le duel singulier que se livrent Ajax et Hector, et qui ne donne pas de vainqueur. Une nouvelle trêve est proclamée pour laisser le temps aux deux camps de s'occuper de leurs morts.

CHANTS VIII – X

Une nouvelle journée de combats commence.

Alors qu'il a interdit aux autres dieux de se mêler à la bataille, Zeus fait néanmoins pencher la balance en faveur des Troyens, qui atteignent les remparts du camp des Grecs. Voyant ce carnage, Athéna et Héra décident d'outrepasser les ordres du maitre de l'Olympe et de porter secours à leurs protégés. Mais Zeus comprend leurs intentions et les rappelle rapidement à l'ordre. La nuit tombant, les Troyens décident de camper près des nefs de leurs ennemis afin de ne pas perdre les avantages acquis sur le champ de bataille.

Agamemnon, désespéré, envisage de retourner en Grèce, mais ses pairs s'y opposent. Il comprend qu'il ne peut gagner si Achille ne prend pas part au conflit : il décide donc de lui restituer son dû pour le convaincre de reprendre les armes. Achille refuse.

Agamemnon envoie alors Ulysse et Diomède surveiller le camp des Troyens pour découvrir leurs intentions. En chemin, ils capturent Dolon, un espion troyen envoyé par Hector, et l'exécutent. Puis, à la faveur de la nuit, ils font un massacre chez les Thraces, alliés de leurs ennemis, et retournent à leurs baraques, pourvus de nombreux chevaux.

Galvanisés par ce succès, les Achéens repartent de plus belle à l'assaut : les Troyens sont repoussés jusqu'aux portes de leur ville. Mais Hector, sous les conseils de Zeus, contrattaque une fois Agamemnon blessé. D'autres héros grecs de valeur se retirent de la lutte une fois touchés. La riposte troyenne amène les Grecs à défendre héroïquement les remparts de leur camp. Mais, inspiré divinement, Hector parvient à y créer une brèche grâce au jet d'une énorme pierre. Les Troyens s'y engouffrent.

Voyant les Grecs en déroute, Poséidon (dieu souverain des mers et des océans) leur apporte son soutien, et ceux-ci reprennent l'avantage sur leurs ennemis. Heureusement, Zeus, par un présage, redonne le courage et l'avantage aux Troyens. Constatant que la situation tourne mal pour lui, Agamemnon songe une nouvelle fois à quitter Troie. Cependant, Poséidon, tout en insufflant de la vaillance aux Achéens, l'assure de sa victoire prochaine. Héra, quant à elle, neutralise Zeus en le poussant à s'abandonner à l'amour et au sommeil dans ses bras. Le sort de la bataille tourne alors en faveur des Grecs, qui repoussent les Dardanides et parviennent même à blesser Hector, qui doit se retirer du conflit.

Lorsque le maitre de l'Olympe s'aperçoit de la supercherie de son épouse, il ordonne à Poséidon de quitter le champ de bataille, tandis que lui-même octroie la supériorité des armes aux Troyens.

CHANTS XVI – XXIV

Patrocle, compagnon chéri d'Achille, assiste à la déroute des Achéens et voudrait les secourir. Suppliant le héros, il obtient de ce dernier le droit de revêtir ses armes et de prendre le commandement de ses Myrmidons pour repousser l'assaut troyen. Patrocle, que les Troyens pensent être Achille lui-même, fait un carnage dans les rangs des Dardanides, mais il est tué par Hector, remis sur pied par Apollon. S'engage alors une lutte pour son corps mort, qui est finalement conquis par les Grecs, même si Hector en a pris les armes.

Informé de la mort de Patrocle, Achille veut venger son ami et tuer le prince troyen. Il se réconcilie avec Agamemnon, se fait forger de nouvelles armes par Héphaïstos lui-même (dieu du feu) et part au combat, bien que les signes annonçant sa mort prochaine se multiplient. Ainsi, au chant XVIII, v. 1-137, alors que Thétis console Achille de la mort de son ami Patrocle, elle lui rappelle à plusieurs reprises ce que l'oracle a prédit quand il était adolescent : « Rapide sera ton destin, mon enfant, avec de telles paroles ! Car, aussitôt après Hector, le moment fatal pour toi est tout prêt. »

Le héros fait un massacre dans une bataille où les dieux se sont à nouveau invités. Sauvé une première fois des coups de son rival par Apollon, Hector se résout à affronter Achille. Mais à la vue de ce dernier, il prend peur et fuit, avant de finalement engager le combat et de se faire tuer. Dans son dernier souffle, Hector prophétise à Achille que son meurtrier sera Pâris Alexandre.

Le héros grec s'en moque : il attache le cadavre d'Hector à son char et lui fait mordre la poussière jusqu'au camp des Grecs. Là, il préside la cérémonie et les jeux funéraires destinés à Patrocle. Chaque jour qui passe, il ne manque pas de trainer le corps d'Hector tout autour de la tombe de son ami pour le souiller davantage.

Mais Zeus, réprouvant ce comportement, fait se rencontrer Priam et Achille à la faveur de tractations nocturnes. Le corps du prince troyen est restitué à son père et une trêve de 12 jours est conclue pour procéder aux funérailles d'Hector, à Troie.

ÉTUDES DES PERSONNAGES

LES GRECS

Les rois grecs, qui ont prêté le serment de Tyndare, le père d'Hélène, se sont alliés aux Atrides, Ménélas et Agamemnon, pour mener le siège de Troie. En effet, lorsqu'Hélène fut en âge de se marier, le nombre de prétendants était tel qu'ils auraient pu lever leurs troupes les uns contre les autres et s'anéantir mutuellement, emportant leur peuple dans leur chute. Tyndare, conseillé par l'ingénieux Ulysse, fit alors prêter un serment aux prétendants : quel que soit celui qu'Hélène choisirait comme époux, tous s'allieraient à lui en cas de besoin, lui prêtant armes et guerriers.

Achille

Fils de la déesse Thétis et du roi mortel Pélée, Achille est l'un des personnages principaux de l'*Iliade*. Trempé par sa mère dans les eaux du Styx

– le fleuve des Enfers – dès sa naissance, il a la particularité d'être invulnérable, hormis au niveau de son talon (le fameux « talon d'Achille »).

« Chante, déesse, la colère d'Achille, le fils de Pélée » (chant I, v. 1) : ces quelques mots qui marquent le début de l'épopée résument à eux seuls l'importance du personnage. En effet, tout le déroulement de la guerre de Troie telle qu'elle est narrée au sein de l'*Iliade* est marqué du sceau de la rage du héros grec : c'est à cause d'elle qu'Achille va s'opposer à la supériorité d'Agamemnon et refuser de prendre part aux combats, ce qui aura pour conséquence de faire basculer le sort du conflit en faveur des Troyens. Mais cette rage est aussi le moteur de son retour au sein des troupes grecques, lorsqu'il apprend la mort de Patrocle. Son retour signifie purement et simplement la fin d'Ilion.

Achille est la pièce maitresse de l'armée des Achéens et il le sait. Conscient de sa valeur, il presse d'ailleurs sa mère au chant I de convaincre Zeus de faire subir de lourdes pertes à son camp afin que tous prennent conscience des conséquences de son absence. Orgueilleux et colérique, le héros grec est aussi égoïste.

Si les différents pairs d'Agamemnon font preuve entre eux d'une certaine solidarité (illustrée, par exemple, par la complicité entre Ulysse et Diomède au chant X, ou encore par l'alliance des deux Ajax pour tenter de conserver le corps mort de Patrocle au chant XVII), le fils de Pélée n'agit que pour son propre compte et son propre intérêt : il ne s'émeut pas de la situation défavorable de ses alliés (il dit d'ailleurs au chant XVI : « Gémis-tu sur les Argiens et la façon dont ils périssent, près des vaisseaux creux, pour avoir violé la justice ? », v. 16-18). Tout le contraire de son ami Patrocle, qu'il autorise à contrecœur à prendre part au combat avec ses armes.

C'est seulement la mort de Patrocle et la douleur personnelle qui en découle qui poussent Achille à reprendre le combat, moins pour aider Agamemnon que pour assouvir son désir de vengeance envers Hector.

Malgré cette personnalité belliqueuse, Achille reste néanmoins le héros homérique par excellence : il reconnaît la vaillance comme une valeur fondamentale, est capable de passions humaines (en pleurs, il s'assoit à l'écart de ses compagnons quand Agamemnon lui reprend

Briséis ; et il reste inconsolable de la mort de son ami Patrocle), de bonté (pensons à la générosité de ses présents aux jeux funéraires), est doté de la noblesse inhérente à son rang royal et est pourvu d'une caractéristique qui lui est propre, son invincibilité.

Agamemnon

Agamemnon, fils d'Atrée, roi de Mycènes et fondateur de la lignée des Atrides, règne sur toute l'Argolide. Il joue un rôle important dans l'*Iliade*, puisque c'est par lui que tout commence. Au début du récit, alors qu'une peste meurtrière, envoyée par Apollon, ravage l'armée grecque, Agamemnon est contraint de rendre la jeune Chryséis, sa captive, à son père Chrysès, prêtre du dieu. En compensation, l'Atride s'empare de Briséis, la captive d'Achille, provoquant ainsi la colère du fils de Pélée.

Agamemnon est à la fois craint et respecté de tous. Il reçoit ainsi des qualificatifs témoignant de sa grandeur, de son rang et de sa force : tout au long du récit, il est tantôt le « Glorieux Atride », tantôt « le puissant Agamemnon » ou « Agamemnon, roi des guerriers » (par exemple, au chant I, v. 120-180), etc. Par sa position de roi du plus grand et du plus puissant État de la Grèce, il est comparé à Zeus qui règne sur l'Olympe ; par sa supériorité au combat, il égale les dieux :

> « Les chefs mettaient les hommes en ordre, ici et là, pour aller à la mêlée, avec, parmi eux, le puissant Agamemnon, semblable, pour le regard et la tête, à Zeus foudroyant, à Arès pour la ceinture, pour la poitrine à Poséidon. [...] l'Atride, grâce à Zeus, se faisait, en ce jour, remarquer au milieu de la foule, et l'emportait sur les héros. » (chant II, v. 474-482)

Mais, dans la bouche de ceux qu'il offense, Agamemnon est également présenté comme un homme orgueilleux, qui n'aime perdre ni la face ni son dû. On se rappelle ainsi les paroles d'Achille, l'invectivant alors qu'il veut lui arracher Briséis : « Ah ! vraiment, homme vêtu d'impudence, chercheur de profits [...]. C'est toi, homme très impudent, que nous avons suivi afin de te plaire, tâchant de tirer satisfaction pour Ménélas et pour toi, chienne de face, des Troyens [...] » (chant I, v. 101-246)

Raisonnable, Agamemnon ne refuse cependant pas de prendre conseil auprès de plus avisés, comme Nestor et Ulysse, afin de revoir ses positions ou de prendre des décisions. Il sait alors se montrer humble et mettre sa vanité de côté. Ainsi, au chant IX, il revoit sa position envers Achille, après avoir écouté Nestor (« Vieillard, tu ne me mens pas en rappelant mon égarement : j'ai été égaré, je ne le nie pas moi-même. [...] Voilà ce que j'accomplirai, s'il renonce à sa colère », v. 113-161).

Ménélas

Ménélas est le frère d'Agamemnon. Il reçut de Tyndare le trône de Sparte et sa fille Hélène. Mais, alors que Pâris, fils de Priam, était son hôte, Ménélas s'absenta quelque temps, laissant à sa jeune épouse le soin de s'occuper de leur invité. Poussés dans les bras l'un de l'autre par Aphrodite (déesse de la beauté et de l'amour), les deux amants s'enfuirent, emportant avec eux les richesses de Ménélas, et se réfugièrent à Troie. Furieux, le roi de Sparte réunit les chefs des armées achéennes. Avec Agamemnon à leur tête, ils menèrent alors une expédition militaire contre Troie.

Ménélas apparait à plusieurs reprises dans le récit, notamment au chant III (v. 1-75), lors d'un duel avec Pâris, et au chant XVII (v. 1-139), où il défend le corps de Patrocle contre Hector. Belliqueux et courageux guerrier, il est fréquemment comparé au lion, dont la force et la puissance effraient :

> « Comme un lion nourri dans les montagnes, confiant en sa force, à un troupeau qui paissait ravit une vache, la meilleure, il lui rompt le cou, [...] les bergers crient, de loin, sans vouloir venir l'affronter, car une verte peur les prend ; ainsi aucun des Troyens n'avait le cœur, en sa poitrine, de venir affronter le glorieux Ménélas. » (chant XVII, v. 61-68)

Patrocle

Fils de Ménœtios, roi de Locride, Patrocle fut condamné à l'exil pour avoir tué un camarade de jeu. Il trouva refuge en Thessalie, chez Pélée, roi des Myrmidons, et il y reçut la purification nécessaire à l'expiation de son meurtre. Il y rencontra Achille, fils de Pélée, avec qui il noua une très forte amitié. Patrocle a suivi Achille à la guerre et prend le commandement d'une troupe de Myrmidons. Il intervient fréquemment dans le récit, pour seconder son ami et pour le raisonner lorsque la situation des Achéens semble perdue (chant XI, v. 597-803).

Bien qu'apparaissant généralement calme et discret, Homère nous décrit aussi Patrocle comme un grand guerrier, en particulier quand, après avoir revêtu les armes d'Achille et pris la tête des Myrmidons, il tue de nombreux Troyens :

> « Les Myrmidons, avec Patrocle au grand cœur, armés, s'avancèrent en rangs, jusqu'au moment où, au milieu des Troyens, fièrement, ils se ruèrent. [...] Patrocle donc, quand il eut coupé les premières phalanges, revint, cherchant à enfermer les Troyens contre les navires ; et, loin de les laisser s'élancer à leur gré vers la ville, entre les vaisseaux, le fleuve et le rempart élevé, il les massacrait, bondissant après eux ; et de beaucoup il tira vengeance. » (chant XVI, v. 257-418)

C'est au cours de cette bataille qu'il perd la vie, tué par Hector.

Ulysse

Ulysse, fils de Laërte, règne sur Itaque. C'est un homme intelligent et ingénieux. Il ne faut d'ailleurs pas oublier qu'il est celui qui, parmi les courtisans d'Hélène, soumet à Tyndare l'idée de faire prêter serment à tous les prétendants de sa fille. Dans l'*Iliade*, il est le roi à qui l'on demande conseil, au même titre que le sage roi Nestor, qui fut le tuteur d'Ulysse.

On lui prête des qualificatifs évocateurs : il est nommé tantôt « l'ingénieux Ulysse » (chant III, v. 214) ou « artificieux Ulysse » (chant VIII, v. 95), tantôt « Ulysse, comparable à Zeus en prudence » (chant X, v. 137) ou « illustre par sa lance » (chant XI, v. 399), etc. Mais c'est assurément Anténor, prince troyen, qui en fait le portrait le plus détaillé en le comparant à Ménélas (chant III, v. 202-220) : ce n'est ni la stature ni la beauté d'Ulysse qui retiennent l'attention, mais son intelligence, sa sagesse et la profondeur de son discours.

LES TROYENS

Hector

Fils du roi Priam, Hector est le chef de l'armée troyenne et le plus grand guerrier de cette dernière. Il est craint par tous les Grecs, hormis Achille, dont il est l'ennemi par excellence. Au premier abord, Hector ressemble au fils de Pélée : il est reconnu tant par les Achéens que par les Troyens pour sa bravoure. Il est conscient de jouir d'un prestige incommensurable dans son camp, ce qui lui octroie un pouvoir décisionnel considérable. En outre, il tient également la vaillance pour valeur fondamentale.

Mais en réalité, le héros troyen est très différent de son homologue grec : il est « humain ». Tout d'abord, au sens premier du terme, c'est-à-dire qu'il ne s'agit que d'un simple mortel : il ne possède pas de parenté divine qui pourrait lui octroyer un quelconque avantage, et ne doit sa gloire qu'à son seul courage. Son humanité est de plus renforcée par la description de scènes de sa vie privée au sein de Troie (chant VI). C'est d'ailleurs le seul personnage qu'Homère évoque dans le contexte d'un autre exercice que celui de la guerre. Ce choix n'est évidemment pas anodin : il s'agit de mettre en évidence tous les êtres qui sont chers au héros – ses parents, sa femme, son fils –, pour accentuer le côté tragique de sa mort.

De plus, ce portrait permet de justifier la passion avec laquelle Hector défend sa cité. En effet, contrairement aux héros grecs, qui sont étrangers à la terre sur laquelle ils combattent et n'ont que leur vie à perdre, le chef troyen, lui, porte sur ses épaules le sort de toute une ville. Il n'agit pas de manière individuelle ou pour son propre profit comme le fait Achille.

Au lieu d'esquisser de son personnage un portrait moral en tous points parfait, l'auteur octroie au contraire à son héros un caractère nuancé qui contribue à l'humaniser davantage. Ainsi, Hector est capable de bonté, même envers ses ennemis (au chant VII, il loue la vaillance d'Ajax et promet à celui-ci de restituer son corps aux siens s'il meurt, ce que ne fera pas Achille par exemple), mais il peut également commettre des erreurs humaines (ainsi, il rejette les suggestions de Polydamas au chant XVIII et il ne tient pas compte des suppliques de Priam, qui lui demande de ne pas combattre Achille).

L'erreur d'affronter Achille sera d'ailleurs fatale pour lui et pour sa ville. Car Hector est l'emblème de la résistance de Troie, l'âme de sa défense. Que le héros vacille, et c'est l'ensemble de l'armée qui tremble. On comprend mieux, dès lors, pourquoi la disparition du héros signe l'arrêt de mort symbolique de la ville de Troie.

Priam

Priam est le roi de Troie, le père d'Hector et de Pâris. Trop âgé pour se battre aux côtés des Troyens, il suit les combats de loin, assis sur les remparts avec les Anciens. Priam est caractérisé par sa sagesse : il préside les conseils, tente les pourparlers. Mais, bien qu'il s'efforce de calmer l'impétuosité des jeunes guerriers, toujours il s'en remet au destin. Ainsi, il ne tient pas Hélène pour responsable du conflit qui oppose Grecs et Troyens. Faisant preuve d'une extrême bienveillance, il l'appelle « ma fille », alors que Troyens et Achéens voient en elle un « fléau » (chant III, v. 160), la cause de tous leurs maux.

L'amour qu'il porte à ses proches rend le personnage touchant. Au chant III, il frémit en entendant le héraut annoncer le duel qui doit opposer Ménélas à Pâris, ainsi que le traité qui l'accompagne : il n'a pas le courage de regarder le combat. Au cours du siège de Troie, il perdra tous ses fils, 50 enfants, dont Hector.

Le chant XXIV nous narre comment Priam, désemparé de n'avoir pu enterrer Hector, cédant à la tristesse, se rend chez Achille pour le raisonner, l'attendrir et pour qu'il lui permette de reprendre la dépouille de son fils. Priam supplie, Achille est ému, et le corps d'Hector est rendu à son père.

Pâris

Dans l'*Iliade*, le portrait de Pâris est peu flatteur. Certes, il est d'une extrême beauté et d'un grand raffinement : « Semblable à un dieu avec une peau de léopard sur les épaules » (chant III, v. 18-19), il préfère jouer de la cithare et paresser auprès d'Hélène plutôt que de se battre. Tous, Grecs et Troyens, le voient comme un coureur de jupons, un lâche, toujours prêt à s'esquiver, à fuir le combat.

Au chant III (v. 40-47), il se fait largement invectiver par Hector parce qu'il cherche à se dérober face à Ménélas : « Maupâris, si beau à voir, fou de femmes, lanceur d'œillades, ah ! que tu n'es impuissant ! [...] un objet de honte regardé de haut par les autres. [...] Mais il n'y a ni force dans ton âme, ni vaillance. » Bien que Pâris finisse par combattre Ménélas en duel, il ne s'en sort indemne que par l'intervention d'Aphrodite, qui le soustrait au combat en l'enveloppant d'un épais brouillard.

CLÉS DE LECTURE

UNE RÉALITÉ HISTORIQUE ?

Le récit de la guerre de Troie a été une source d'inspiration pour beaucoup d'écrivains postérieurs à Homère et pour de nombreux réalisateurs : héros, dieux, demi-dieux nourrissent l'imagination et nous transportent dans un monde où le courage, la force et la bravoure côtoient la sensibilité, l'amour et l'amitié. Au-delà de la narration, la question qui divise de nombreux scientifiques – historiens, philologues et archéologues – est de savoir si Homère dit vrai, et si la guerre de Troie est une réalité ou une fiction.

La question de l'existence de la ville de Troie est posée par Heinrich Schliemann (homme d'affaires allemand et père de l'archéologie hellénique, 1822-1890) vers la fin du XIXe siècle. Passionné par le récit d'Homère, il est convaincu de pouvoir retrouver les ruines de la cité. Amateur enthousiaste, il relit l'*Iliade*, y relève des indices sur l'emplacement de l'antique Troie, se rend en Turquie et entreprend des fouilles sur la colline d'Hissarlik dès 1870. Ses recherches portent leurs fruits, puisqu'il déterre de nombreux objets et bijoux faits d'ivoire et d'or : il pense alors avoir retrouvé le trésor de Priam.

Mais, si Schliemann ne se trompe pas sur la localisation précise de la ville, les ruines qu'il a fouillées sont, en revanche, bien postérieures à la datation de la guerre de Troie dont Homère nous fait le récit. Les archéologues qui lui succèdent mettent au jour plusieurs couches successives de constructions : il y avait donc bien une ville antique fortifiée sur la colline, et celle-ci avait été détruite plusieurs fois, soit lors de guerres et pillages, soit au cours d'incendies ; la ville avait chaque fois été reconstruite. L'existence de Troie ne relève donc pas de la légende : Schliemann en avait découvert la dernière couche. Cependant, la question de l'historicité de l'*Iliade* restait posée.

Les fouilles de Manfred Korfmann (archéologue allemand et turc, 1942-2005), à la fin du XXᵉ siècle, et celles qui suivirent, ont mis au jour une ville basse importante au pied de la citadelle et, peut-être, des éléments qui correspondraient à certains détails donnés par Homère dans l'*Iliade*, comme la description des fontaines (« Et ils parvinrent près du fleuve au beau cours, là où jaillissent les deux fontaines du Skamandros tourbillonnant », chant XXII, v. 147-149), qui pourraient correspondre au réseau d'approvisionnement en eau de Troie, ou encore la découverte d'une muraille renforcée au XIIIe siècle, qui pourrait être le rempart où Andromaque rencontre Hector, près de la porte Scée.

David Bouvier nous expose que la plus extraordinaire découverte reste un sceau en langue hittite, qui laisserait à penser que Troie correspond à Wilusa, une ville sous domination hittite au XIIIe siècle av. J.-C. et dirigée par le roi Alaksandu (BOUVIER D., « Lieux et non-lieux de Troie », in *Études de lettres*, 1-2, 2010, p. 9-38). Faut-il dès lors reconnaitre Alexandre Pâris en ce roi ? C'est une hypothèse d'autant plus probable qu'il n'était pas rare, à l'âge du bronze, qu'un peuple organise une expédition punitive contre un autre, notamment pour le rapt de vierges et d'épouses. L'*Iliade* serait-elle donc le récit d'une guerre menée par les Hittites contre Wilusa ? Le récit d'Homère ne tiendrait donc pas uniquement du mythe...

LE TRAVAIL LITTÉRAIRE D'HOMÈRE

Quoi qu'il en soit, du fait de la distance – autant chronologique que géographique – et de son importance, cet évènement a certainement dû être rapporté oralement, puis, compte tenu du mode de transmission des histoires à l'époque, progressivement déformé de manière à devenir petit à petit légendaire. Des aèdes tels qu'Homère se sont ensuite réapproprié le récit.

L'originalité de la narration

Cette pratique de réadaptation d'un mythe implique que l'on ne peut pas considérer Homère comme un auteur au sens moderne du terme. En effet, cela sous-entendrait une originalité totale au niveau du contenu, ce qui n'est évidemment pas le cas. Dès lors, l'originalité d'Homère ne peut s'exprimer qu'à travers la narration des évènements.

Cette pratique revêt une importance capitale dans la société grecque de l'époque, où le moyen de communication par excellence est l'oralité, y compris en ce qui concerne les œuvres littéraires. Ces dernières étaient racontées par un aède qui déclamait le texte devant une assemblée. Rédigés en hexamètres dactyliques (c'est-à-dire en vers de six pieds), les textes pouvaient faire l'objet d'une récitation de plusieurs jours, en fonction de leur longueur.

Au vu de la quantité importante de péripéties à raconter, l'orateur se devait de posséder d'excellentes capacités de mémorisation. Pour l'aider dans sa tâche, ce dernier avait recours à quelques artifices dont on retrouve des traces dans l'*Iliade* :

- le plus célèbre est sans conteste l'épithète homérique, procédé stylistique que l'on retrouve aussi dans l'*Odyssée*, et qui consiste à donner une caractéristique précise à un personnage et à la répéter sans cesse de manière à former une expression facilement mémorisable. Par exemple, l'aube est toujours pourvue de « doigts roses » (chant I, v. 476), tandis qu'Agamemnon est souvent qualifié de « pasteur d'hommes » (chant II, v. 243) ;
- l'emploi d'anaphores, c'est-à-dire la reprise d'un antécédent dans une expression différente (« Alors *l'Atride*, tirant son épée à clous d'argent, frappa, en la levant, le cimier du casque : autour de *lui*, en trois ou quatre mor-

ceaux, l'épée brisée tomba de *sa* main. [...] D'un bond, *il* saisit Pâris par *son* casque à crinière, et le traina, renversé, vers les Achéens aux beaux jambarts. L'autre étouffait, la riche jugulaire serrant son beau cou fragile. Et *Ménélas* l'aurait entrainé si soudain ne s'en était aperçu la fille de Zeus, Aphrodite », chant III, v. 360-375, nous soulignons) ;

- la transposition d'un même texte, tantôt en discours direct, tantôt en discours rapporté, en fonction des protagonistes, est également monnaie courante. Par exemple, la description du songe d'Agamemnon, puis son évocation au conseil par ce dernier, sont rapportées dans des termes identiques au chant II.

L'importance de la cohérence et de la clarté

En déclamant son histoire au public, l'aède devait veiller à la cohérence ainsi qu'à la clarté de son récit de manière à ce que son auditoire ait une vision distincte des choses. La cohérence est, en effet, une donnée importante de la déclamation : il s'agit de présenter aux spectateurs des évènements logiques et suffisamment vraisemblables pour qu'ils puissent y croire. Dans l'*Iliade*, cela se traduit notamment par une foule de détails vrais touchant souvent au morbide : têtes tranchées, sang coulant à flots, cervelles giclant sans vergogne, sont présents en nombre et garantissent au récit une certaine véracité tout en frappant les esprits.

La clarté du récit, quant à elle, est entre autres assurée par l'emploi de métaphores renvoyant à la vie courante et qui permettent au public de mieux se représenter les évènements narrés, de mieux concevoir, par exemple, l'intensité d'une action :

> « Comme on voit un lion [...] ravir la vache la plus belle et [...] la déchirer ensuite [...] tandis qu'autour de lui, chiens et bergers vont en poussant de grands cris mais [...] se refusent à l'affronter, personne parmi les combattants ne se sent le courage d'affronter le glorieux Ménélas. » (chant XVII, v. 60-67)

L'INTERVENTION DU MERVEILLEUX

Un conflit entre dieux et déesses

Ce souci de cohérence n'empêche nullement que le merveilleux fasse son apparition dans la narration. Il se traduit par l'irruption des dieux au sein du texte.

Omniprésentes, les divinités doublent la part des descriptions de combats dans l'œuvre, chaque lutte entre humains étant le symbole d'un conflit entre êtres divins.

En outre, leurs actions très spectaculaires – et intervenant souvent à des moments critiques de l'intrigue –, contribuent à octroyer un supplément d'intérêt à l'histoire tout en y intégrant une dimension burlesque : en effet, les divinités de l'*Iliade* sont frappées du paradoxe d'être à la fois terrifiantes de majesté et confondantes de ridicule. Zeus en est le parfait exemple : il est le roi des dieux, mais voit son autorité constamment défiée par ses sujets divins (Poséidon, Héra, Athéna, etc.) ; il peut par sa seule volonté donner la victoire aux Troyens, mais se fait lamentablement berner par les ruses d'Héra, etc.

La présence des dieux (ou de leurs enfants mortels sur le champ de bataille) est également l'occasion pour Homère de renvoyer à de nombreux épisodes mythologiques connus de son public (Le géant Polyphème au chant I, le regard de la

Gorgone au chant VIII, Pélée sauvé des Centaures par Chiron au chant XI, Ariane et le Minotaure au chant XXIII, etc.), mais qui rendent certains passages difficiles à décoder pour le lecteur dépourvu de connaissances sur la mythologie.

Des dieux alliés aux humains

Les dieux et déesses combattent aux côtés des Troyens et des Grecs. Ils ont choisi leur camp en fonction de leur parenté avec l'un ou l'autre guerrier, ou selon les querelles qui les ont opposés par le passé. Dans le camp troyen, Aphrodite protège Pâris, parce qu'il lui a remis jadis la pomme d'or en échange de la plus belle femme du monde, provoquant ainsi la colère d'Héra et Athéna. Ainsi Aphrodite enveloppe-t-elle son protégé d'un voile de brouillard pour le soustraire à la mort dans le duel qui l'oppose à Ménélas (chant III, v. 373-448).

Héra et Athéna, de leur côté, unissent leurs forces et leur puissance pour assister les Grecs au combat, « harnachant les chevaux au frontal d'or » qu'elles firent passer par les portes du Ciel, gardées par les Heures, avant d'être rappelées à l'ordre par Zeus (chant VIII, v. 350-484).

En ce qui concerne encore les dieux, si Zeus est partagé entre Troyens et Achéens, Apollon se range clairement du côté des Troyens. Au début du récit, on apprend qu'il affaiblit l'armée grecque en leur envoyant une peste dévastatrice ; on retrouve le dieu au chant V, alors qu'il sauve Enée, blessé par Diomède, et au chant XVI, où il n'est pas étranger à la mort de Patrocle : « Les yeux de Patrocle chavirèrent ; de sa tête le casque tomba, sous le coup de Phébus Apollon, et roula bruyamment sous les pieds des chevaux, le casque à panache, à bossettes, et l'aigrette en fut souillée de sang et de poussière. » (v. 790-795)

Quant aux Grecs, ils reçoivent l'aide de Poséidon et d'Héphaïstos. Au chant XIII, on voit ainsi Poséidon assister les troupes, sous les traits de Calchas, et Héphaïstos se mettre au service de Thétis, mère d'Achille. Ces interventions sont donc de deux ordres : soit le dieu protecteur s'attaque directement au peuple adverse, soit il sauve son protégé in extrémis.

L'incontrôlable destinée

Si Homère fait la part belle aux dieux, ce n'est pas anodin. L'*Iliade* est certes le récit d'une guerre qui oppose des héros, braves, impétueux et courageux, mais il est de bon ton de rappeler qu'ils ne sont pas invulnérables : ils sont soumis au destin, incontrôlable et limitant leur liberté.

Grecs et Troyens sont conscients de l'existence de ce destin et de son caractère immuable. On note ainsi l'intervention du devin Calchas, prié de dévoiler « l'arrêt divin » au chant I. Une place importante est également laissée aux signes donnés par les dieux, comme le serpent transformé en pierre, au chant II, révélant le dessein de Zeus de faire durer la guerre pendant neuf années. Citons enfin l'intérêt porté aux augures, messages interprétés à partir du vol des oiseaux : « Comme il parlait ainsi, vola à sa droite un oiseau, un aigle au vol élevé ; et crièrent de joie les troupes achéennes, enhardies par cet augure. » (chant XIII, v. 820-822)

LE HÉROS HOMÉRIQUE

Rédigée en vers et agrémentée de nombreuses métaphores, l'épopée homérique était avant tout chantée. Pour capter l'attention du public et le tenir en haleine, Homère use certes d'un style varié, introduit du suspense quant à l'issue des combats et fait intervenir les dieux pour apporter une touche merveilleusement divertissante à cette guerre rude, mais il n'en oublie pas moins que l'*Iliade* demeure un chant à la gloire du courage individuel. Il lui faut donc créer des personnages qui émeuvent et auxquels auditeurs et lecteurs s'attachent. Le héros homérique est né : il se nomme Agamemnon, Achille, Hector, ou encore Diomède. Il est ce guerrier qui fait de l'épopée un récit poignant et captivant.

Bien que tous les personnages de l'épopée aient leurs particularités, défauts et qualités, voici quelques caractéristiques récurrentes du héros homérique :

- un physique plaisant. Le héros homérique est jeune, beau et sa stature impressionne. On se représente aisément Achille « semblable à un dieu » (chant XXII, v. 279) et le séduisant Pâris « si beau à voir » (chant III, v. 40) ;
- des qualités intellectuelles qui lui permettent de se sortir de situations difficiles. « L'ingénieux Ulysse » est rusé, et sa sagesse est appréciée dans les négociations ;
- il est dans la force de l'âge. Par son courage, son habileté et sa force, il surpasse les autres

guerriers, affronte le danger sans montrer sa peur et peut apparaitre terrifiant dans certaines scènes. Achille « aux pieds rapides » (chant XXIV, v. 459) est « bien supérieur à tous les Achéens » (chant XIX, v. 15). Agamemnon est « puissant » (chant I, v. 31) et Hector « au casque scintillant » (chant III, v. 82) impressionne ;

- il est profondément humain. Ses marques d'amitié, d'amour et de compassion émeuvent et en font, au final, un héros au grand cœur, qui peut aussi se montrer tendre, compréhensif ou compatissant. Rappelons simplement les adieux d'Hector et Andromaque sur les remparts au chant VI, ou encore l'entretien d'Achille et Priam au chant XXIV ;

- comme tous les humains, le héros homérique possède des défauts qui pourraient bien les mener, lui et son peuple, à leur perte. Agamemnon est borné et orgueilleux, Achille est colérique, Pâris est un lâche ;

- il respecte les dieux et les traditions. Il tient, par exemple, à offrir des libations aux dieux et une sépulture aux morts. Ainsi, au chant I, Agamemnon renvoie Chryséis à son père et, au chant XXIV, ordonne une magnifique hécatombe (sacrifice de 100 bœufs) autour de l'autel d'Apollon. Achille, malgré sa colère, remet le corps d'Hector à Priam pour qu'il lui offre des funérailles ;

- il a le sens de la famille et du devoir. Ainsi, Agamemnon se bat aux côtés de son frère, Ménélas, par loyauté, tandis qu'Hector part au combat pour défendre Ilion et protéger les Troyens de l'esclavage ;
- il est le protégé d'un dieu ou d'une déesse, qu'il soit simple mortel ou demi-dieu. Ainsi, tout au long des combats, Achille est protégé par la déesse Thétis, sa mère. Pâris, lors de son combat avec Ménélas (chant III), est sauvé par Aphrodite. Apollon soutient Hector dans le duel qui l'oppose à Ajax (chant VII), etc. ;
- sa destinée est souvent funeste. On apprend, dès le premier chant, de la bouche de Thétis, que son fils Achille est proche de la mort (« Aujourd'hui te voilà à la fois le plus près de la mort et le plus pitoyable des hommes ! Tel est le sort pour lequel je t'ai enfanté dans le palais », chant I, v. 417-418). Et de même, Andromaque annonce la mort prématurée d'Hector au lecteur dès le chant VI (« Démon, ton ardeur te perdra ! Tu n'as pitié ni de ton

jeune enfant, ni de moi, infortunée, qui bientôt
serai veuve de toi », v. 405-406).

POSTÉRITÉ DE L'*ILIADE*

En littérature

La popularité et la fin ouverte de cette épopée
a tôt fait d'inspirer autour d'elle de nombreux
ouvrages dont certains ont eu un retentissement
considérable.

Il y a notamment l'*Énéide* (Ier siècle av. J.-C.) de
Virgile (poète latin, 70 av. J.-C.-19 av. J.-C.) qui
propulse Énée au rang de fondateur de Rome et
entérine la chute de Troie. Mille ans plus tard, les
romans dit « antiques » que sont le *Roman de
Troie* (écrit vers 1165) de Benoît de Sainte-Maure
ou l'*Éneas* (vers 1160) s'inspirent de l'univers
d'Homère pour donner à la langue française
ses premiers romans en langue vulgaire, tandis
que, dans la littérature italienne, Dante (écrivain
italien, 1265-1321) fait parler Diomède et Ulysse,
enfermés dans le cercle des rusés, au chant XXVI
de l'*Enfer* (première partie de la *Divine comédie*
[1306-1321]).

Le récit de la guerre de Troie et les aventures de ses héros ont toujours trouvé bon public. Jusqu'à la fin du Moyen Âge, on connaissait l'histoire de Troie par le *De excidio Trojae* de Darès le Phrygien, prêtre troyen d'Héphaïstos. Il avait participé aux combats durant le siège de la ville et, avec l'aide des dieux, s'en était sorti indemne. L'histoire, racontée en latin, a alors plus de succès que le récit d'Homère, écrit en grec, une langue que peu comprennent encore à l'époque médiévale.

Au XVIIe siècle, la pièce *Andromaque* (1667) de Jean Racine (poète tragique français, 1639-1699), continuation tragique de l'*Iliade*, triomphe. Dans le même genre et plus près de nous, *La guerre de Troie n'aura pas lieu* (1935) de Jean Giraudoux (écrivain français, 1882-1944) avertit ses contemporains des futurs conflits à venir à travers une action se déroulant dans la Troie homérique.

Au cinéma

Le cinéma remet au gout du jour cette épopée, avec, notamment, quelques adaptations pour le grand écran :

- *Hélène de Troie* (*Helen of Troy*), film de Robert

Wise, avec Jacques Sernas (Pâris) et Rossana Podesta (Hélène), État-Unis et Italie, 1956 ;

- *La Guerre de Troie* (*La Guerra di Troia*), film de Giorgio Ferroni, avec Steve Reeves (Énée), France et Italie, 1961 ;
- *La Colère d'Achille* (*L'Ira di Achille*), film de Marino Girolami, avec Gordon Mitchell (Achille), Italie, 1962 ;
- *Troie* (*Troy*), film de Wolfgang Petersen, avec Brad Pitt (Achille) et Eric Bana (Hector), États-Unis, 2004.

On peut encore citer quelques réalisations dont l'histoire se focalise davantage sur un épisode de la guerre ou sur un personnage :

- *La Chute de Troie* (*La Caduta di Troia*), film de Giovanni Pastrone et Luigi Romano Borgnetto, Italie, 1911 ;
- *Hélène de Troie* (*Helen of Troy*), téléfilm de John Kent Harrison, focalisé sur la vie d'Hélène et ses amours avec Pâris, avec Sienna Guillory (Hélène), États-Unis, 2003.

L'*Iliade* a plu dès sa rédaction, sans doute parce qu'elle jouait sur des lieux communs plaisant aux Grecs – exploits de héros légendaires, divinités et guerres –, mais aussi en tant que mythe fondateur donnant du sens à la chute ou l'origine de grandes cités, aux rites attachés à certains lieux, à l'histoire de familles connues. L'*Odyssée* d'Homère et l'*Énéide* de Virgile y puisent d'ailleurs leur thème et leur personnage principal : Ulysse, le Grec, de retour à Itaque après la chute de Troie ; et Enée, le Troyen fondateur de Lavinium, à l'origine de Rome.

Quelque peu boudée à partir du Moyen Âge, l'*Iliade* a retrouvé ses lettres de noblesse avec son adaptation au grand écran. Le récent engouement du public pour la mythologie et l'histoire antique teintée de guerres et d'amours contrariées, ainsi que les budgets accordés par le cinéma hollywoodien aux grandes productions ont fait revivre un chef-d'œuvre de la littérature classique.

PISTES DE RÉFLEXION

QUELQUES QUESTIONS POUR APPROFONDIR SA RÉFLEXION...

- Relevez dans l'*Iliade* quelques passages mettant en évidence le fait qu'Hector est l'âme et la figure de proue des Troyens durant ce conflit.
- Comment Pâris, par son attitude, arrive-t-il à être haï par les deux camps en lutte ?
- Pourquoi peut-on affirmer que Priam n'a de royal que son titre ? En quoi le chant XXIII renforce-t-il ce sentiment ?
- Montrez en quoi la rencontre entre Héra et Aphrodite au chant XIV constitue un summum d'hypocrisie et de burlesque.
- Comparez les descriptions de la construction des armes d'Achille dans le chant XVIII de l'*Iliade* à celles de la construction des armes d'Énée dans le livre VIII (v. 627-732) de l'*Énéide*. Quelles sont les ressemblances et les différences, tant au niveau des acteurs que du matériel utilisé ?
- Comparez les funérailles de Patrocle et d'Hec-

tor : en quoi marquent-elles une différence nette entre Troyens et Achéens ?

- Pourquoi peut-on dire que la rencontre d'Hector et Andromaque près de la porte Scée, au chant VI (v. 369-502), constitue une parenthèse intéressante dans le récit d'Homère
- Qu'est-ce qu'une épopée ? Pourquoi peut-on affirmer que l'*Iliade* en est une ?
- Relevez quelques métaphores d'action dans le texte et expliquez leur importance dans l'*Iliade.*
- Certains passages de l'*Iliade* évoquent des récits mythologiques bien connus du public grec, mais parfois obscurs pour le lecteur actuel. Relevez, au fil des chants, trois passages relevant d'épisodes ou de héros de la mythologie grecque et apportez quelques éclaircissements à propos de ceux-ci.

Votre avis nous intéresse !
Laissez un commentaire sur le site de votre librairie en ligne
et partagez vos coups de cœur sur les réseaux sociaux !

POUR ALLER PLUS LOIN

ÉDITION DE RÉFÉRENCE

- Homère, *L'Iliade*, traduit par Eugène Lasserre, Paris, Flammarion, 2017.

ÉTUDES DE RÉFÉRENCE

- Bouvier D., *Lieux et non-lieux de Troie*, in *Études de lettres*, 1-2, 2010, p. 9-38.
- Calame C., *Mythe et histoire dans l'Antiquité grecque. La création symbolique d'une colonie*, Paris, Les Belles Lettres, 2011.
- Carlier P., *Homère*, Paris, Fayard, 1999.
- Ceram C. W., *Des dieux, des tombeaux, des savants*, Paris, Le Livre de Poche, 1986.
- de Romilly J., *Homère*, Paris, Presses universitaires de France, coll. « Que sais-je ? », 1992.
- de Romilly J., *Hector*, Paris, Éditions de Fallois, 1997.
- Gandon O., *Dictionnaire de la mythologie grecque et latine*, Paris, Le Livre de Poche, 1998.
- Lindon D., *Les dieux s'amusent*, Paris, Hachette, 1984.

- ROBERT F., *Homère*, Paris, Presses universitaires de France, 1950.

SUR LEPETITLITTÉRAIRE.FR

- Commentaire du chant IX de l'*Odyssée* d'Homère.
- Fiche de lecture sur l'*Odyssée*.
- Questionnaire de lecture sur l'*Odyssée*.

Retrouvez notre offre complète sur lePetitLittéraire.fr

- des fiches de lectures
- des commentaires littéraires
- des questionnaires de lecture
- des résumés

ANOUILH
- Antigone

AUSTEN
- Orgueil et Préjugés

BALZAC
- Eugénie Grandet
- Le Père Goriot
- Illusions perdues

BARJAVEL
- La Nuit des temps

BEAUMARCHAIS
- Le Mariage de Figaro

BECKETT
- En attendant Godot

BRETON
- Nadja

CAMUS
- La Peste
- Les Justes
- L'Étranger

CARRÈRE
- Limonov

CÉLINE
- Voyage au bout de la nuit

CERVANTÈS
- Don Quichotte de la Manche

CHATEAUBRIAND
- Mémoires d'outre-tombe

CHODERLOS DE LACLOS
- Les Liaisons dangereuses

CHRÉTIEN DE TROYES
- Yvain ou le Chevalier au lion

CHRISTIE
- Dix Petits Nègres

CLAUDEL
- La Petite Fille de Monsieur Linh
- Le Rapport de Brodeck

COELHO
- L'Alchimiste

CONAN DOYLE
- Le Chien des Baskerville

DAI SIJIE
- Balzac et la Petite Tailleuse chinoise

DE GAULLE
- Mémoires de guerre III. Le Salut. 1944-1946

DE VIGAN
- No et moi

DICKER
- La Vérité sur l'affaire Harry Quebert

DIDEROT
- Supplément au Voyage de Bougainville

DUMAS
• Les Trois
Mousquetaires

ÉNARD
• Parlez-leur
de batailles,
de rois et
d'éléphants

FERRARI
• Le Sermon sur la
chute de Rome

FLAUBERT
• Madame Bovary

FRANK
• Journal
d'Anne Frank

FRED VARGAS
• Pars vite et
reviens tard

GARY
• La Vie devant soi

GAUDÉ
• La Mort du
roi Tsongor
• Le Soleil des
Scorta

GAUTIER
• La Morte
amoureuse
• Le Capitaine
Fracasse

GAVALDA
• 35 kilos d'espoir

GIDE
• Les
Faux-Monnayeurs

GIONO
• Le Grand
Troupeau
• Le Hussard
sur le toit

GIRAUDOUX
• La guerre de
Troie
n'aura pas lieu

GOLDING
• Sa Majesté des
Mouches

GRIMBERT
• Un secret

HEMINGWAY
• Le Vieil Homme
et la Mer

HESSEL
• Indignez-vous !

HOMÈRE
• L'Odyssée

HUGO
• Le Dernier Jour
d'un condamné
• Les Misérables
• Notre-Dame
de Paris

HUXLEY
• Le Meilleur
des mondes

IONESCO
• Rhinocéros
• La Cantatrice
chauve

JARY
• Ubu roi

JENNI
• L'Art français
de la guerre

JOFFO
• Un sac de billes

KAFKA
• La Métamorphose

KEROUAC
• Sur la route

KESSEL
• Le Lion

LARSSON
• Millenium 1. Les
hommes qui
n'aimaient pas
les femmes

LE CLÉZIO
• Mondo

LEVI
• Si c'est un
homme

LEVY
• Et si c'était vrai…

MAALOUF
• Léon l'Africain

MALRAUX
- La Condition
  humaine

MARIVAUX
- La Double
  Inconstance
- Le Jeu de l'amour
  et du hasard

MARTINEZ
- Du domaine
  des murmures

MAUPASSANT
- Boule de suif
- Le Horla
- Une vie

MAURIAC
- Le Nœud
  de vipères

MAURIAC
- Le Sagouin

MÉRIMÉE
- Tamango
- Colomba

MERLE
- La mort est
  mon métier

MOLIÈRE
- Le Misanthrope
- L'Avare
- Le Bourgeois
  gentilhomme

MONTAIGNE
- Essais

MORPURGO
- Le Roi Arthur

MUSSET
- Lorenzaccio

MUSSO
- Que serais-je
  sans toi ?

NOTHOMB
- Stupeur et
  Tremblements

ORWELL
- La Ferme
  des animaux
- 1984

PAGNOL
- La Gloire de
  mon père

PANCOL
- Les Yeux jaunes
  des crocodiles

PASCAL
- Pensées

PENNAC
- Au bonheur
  des ogres

POE
- La Chute de la
  maison Usher

PROUST
- Du côté de
  chez Swann

QUENEAU
- Zazie dans
  le métro

QUIGNARD
- Tous les matins
  du monde

RABELAIS
- Gargantua

RACINE
- Andromaque
- Britannicus
- Phèdre

ROUSSEAU
- Confessions

ROSTAND
- Cyrano de
  Bergerac

ROWLING
- Harry Potter à
  l'école des sor-
  ciers

SAINT-EXUPÉRY
- Le Petit Prince
- Vol de nuit

SARTRE
- Huis clos
- La Nausée
- Les Mouches

SCHLINK
- Le Liseur

SCHMITT
- La Part de l'autre
- Oscar et la
  Dame rose

SEPULVEDA
- Le Vieux qui
  lisait des romans
  d'amour

SHAKESPEARE
- Roméo et Juliette

SIMENON
- Le Chien jaune

STEEMAN
- L'Assassin
  habite au 21

STEINBECK
- Des souris et
  des hommes

STENDHAL
- Le Rouge et
  le Noir

STEVENSON
- L'Île au trésor

SÜSKIND
- Le Parfum

TOLSTOÏ
- Anna Karénine

TOURNIER
- Vendredi ou
  la Vie sauvage

TOUSSAINT
- Fuir

UHLMAN
- L'Ami retrouvé

VERNE
- Le Tour
  du monde
  en 80 jours
- Vingt mille
  lieues sous
  les mers
- Voyage au
  centre de
  la terre

VIAN
- L'Écume des jours

VOLTAIRE
- Candide

WELLS
- La Guerre des
  mondes

YOURCENAR
- Mémoires
  d'Hadrien

ZOLA
- Au bonheur
  des dames
- L'Assommoir
- Germinal

ZWEIG
- Le Joueur
  d'échecs

www.lepetitlitteraire.fr

ISBN version numérique : 978-2-8062-2722-5
ISBN version papier : 978-2-8062-2724-9
Dépôt légal : D/2017/12603/850

Avec la collaboration d'Ariane César pour l'étude des personnages d'Agamemnon, Ménélas, Patrocle, Ulysse, Priam, Pâris, ainsi que pour les chapitres « Une réalité historique ? », « Des dieux alliés aux humains », « L'incontrôlable destinée », « Le héros homérique » et « Au cinéma ».

Conception numérique : Primento, le partenaire numérique des éditeurs.

Ce titre a été réalisé avec le soutien de la Fédération Wallonie-Bruxelles, Service général des Lettres et du Livre.